15 Juin 1910

marqué PN

TAPISSERIES

DES XVIIe ET XVIIIe SIÈCLES

TABLEAUX ANCIENS

PLAFONDS LOUIS XIV ET LOUIS XV

OBJETS D'ART

Appartenant à M. P. M...

CATALOGUE

DES

TAPISSERIES

Des XVIIe et XVIIIe Siècles

TABLEAUX ANCIENS

Par ou attribués à

DE TROY, DROUAIS, DUCREUX, GRIMOUX, LE PRINCE,
MILLOT, NATTIER, ETC., ETC.

Plafonds d'époque Louis XIV et Louis XV

FAIENCES ANCIENNES

SCULPTURES, CUIVRES, OBJETS VARIÉS

MEUBLES ET SIÈGES

ANCIENS ET DE STYLE

ÉTOFFES ANCIENNES

Appartenant à M. P. M...

Et dont la vente aux enchères publiques aura lieu

HOTEL DROUOT, SALLE N° 10

LE MERCREDI 15 JUIN 1910

à deux heures

Par le Ministère de Me **F. LAIR-DUBREUIL**, Commissaire-priseur

6, rue Favart

EXPOSITION PUBLIQUE

Le Mardi 14 Juin 1910, de 2 heures à 6 heures

CONDITIONS DE LA VENTE

Elle sera faite au comptant.

Les adjudicataires paieront *dix pour cent* en sus des enchères.

L'exposition mettant le public à même de se rendre compte des œuvres mises en vente, aucune réclamation ne sera admise une fois l'adjudication prononcée.

Paris. — Imp de l'Art, Ch. Berger, 41, rue de la Victoire.

DÉSIGNATION

TABLEAUX, AQUARELLES

COFFINIÈRES DE NORDECK

1 — *Général haranguant ses troupes.*

Aquarelle.

2 — *La Messe sur le champ de bataille.*

Aquarelle.

DE TROY

3 — *Portrait d'Homme à perruque, vêtu d'un habit brun brodé d'or.*

Toile.
Cadre en bois sculpté.

DIAZ (Attribué à)

4 — *Portrait de Femme.*

En buste, le sein nu.
Bois. Dans un cadre ovale.

DROUAIS (Attribué à)

5 — *La Petite Fille au papillon.*

En robe blanche avec ceinture bleue.
Toile.

DUCREUX

6 — *Portrait d'Homme, tenant un livre.*

Il est vêtu d'une robe de chambre verte et coiffé d'un bonnet blanc à ruban vert.
Toile.

ÉCOLE FRANÇAISE

7 — Dessus de porte peint en camaïeu à fleurs, colombes et attributs champêtres.

ÉCOLE FRANÇAISE (XVIIIe siècle)

8 — *Portrait de Jeune Fille.*

A mi-corps, vêtue d'une robe blanche à ceinture bleue.
Toile.
Cadre en bois sculpté doré à feuillages.

ÉCOLE FRANÇAISE (XVIIIe siècle)

9 — *Portrait de Femme assise.*

Accoudée sur une commode et tenant un livre de la main droite.
Toile.
Cadre en bois sculpté doré Louis XVI.

ÉCOLE FRANÇAISE (XVIIIe siècle)

10 — *Portrait présumé de Madame de Grignan assise au pied d'un portique.*

Toile.

ÉCOLE FLAMANDE

11 — *Combats de cavalerie.*

Deux pendants.

Bois. Cadres en bois sculpté doré.

ÉCOLE HOLLANDAISE

12 — *Portrait de Jeune Fille.*

Toile.

ÉCOLE ITALIENNE

13 — *Le Repos de la Sainte Famille.*

GRIMOUX

14 — *Portrait de Jeune Femme.*

En robe bleue bordée de fourrures et coiffée d'un toquet à plumes.

Toile ovale.

Au revers, on lit l'inscription suivante : *Je donne et lègue à ma petite Marguerite ce portrait de ma grand'mère.* Signé : *Villemin.*

LEPRINCE (Attribué à)

15 — *Le Concert oriental.*

Toile.

MILLOT

16 — *Portrait présumé de M. Aubry, lieutenant général de Touraine.*

NATTIER (Attribué à J.-M.)

17 — *Portrait présumé du maréchal de Saxe.*

En armure recouverte d'un manteau.
Toile ovale.
Cadre en bois sculpté doré.

18 — Grand plafond Louis XIV à écoinçons, offrant des motifs d'architecture et des médaillons figurant les Saisons. La partie centrale présente un sujet allégorique aux Arts sur fond de ciel.

6 m. 75×5 m. 64.

19 — Plafond rectangulaire Louis XV à personnages.

4 m. 10×2 m. 28.

20 — Petit plafond rond Louis XV, à figures d'amours sur fond de ciel.

Diam., 1 m. 95 cent.

21 — Petit plafond ovale Louis XV, représentant Junon et Flore.

1 m. 75×1 m. 25.

22 — Peinture pour trumeau en camaïeu rose.

90 cent.×80 cent.

FAIENCES

23 — Plat à bords contournés en ancienne faïence de Moustiers, décoré d'armoiries en bleu.

24 — Plat en même faïence, décor à consoles, ornements et bustes de personnages.

25 — Plat en ancienne faïence de Rouen, décor bleu à corbeilles de fleurs et ornements.

26 — Plat à barbe en ancienne faïence.

27 — Grosse potiche côtelée en ancienne faïence de Delft, à décor de Rouen en bleu.

28 — Paire de grandes bouteilles en ancienne faïence de Delft, à décor chinois en bleu et lambrequins à la base.

29 — Paire de buires en ancienne faïence italienne fond bleuté, décor de paysages.

SCULPTURES, CUIVRES

OBJETS VARIÉS

30 — Quatre médaillons en marbre à figures de profil, cadres en bois noir. Une des figures est en plâtre.

31 — Figurine en terre cuite Louis XVI.

32 — Cadre Louis XV en bois sculpté doré.

33 — Porte en bois sculpté. Époque du XVIIIe siècle

34 — Dessus de porte en bois peint relevé de dorure, présentant un trophée dans un encadrement doré. Époque Louis XV.

Haut., 80 cent ; grande larg., 1 m. 05 cent.

35 — Panneaux en bois peint, décoré en relief d'une guirlande de fleurs et d'un nœud de rubans. Époque Louis XVI.

36 — Petite console-support d'applique en bois sculpté doré, formée d'une volute à mascaron tête de femme.

37 — Lot de cadres.

38 — Lot d'ornements en pâte dorée.

39 — Paire de chandeliers d'autel en cuivre.

40 — Samovar en cuivre sur pied à figures.

41 — Grand bassin en ancien cuivre gravé d'Orient.

42 — Grande jardinière ovale à godrons en cuivre rouge.

43 — Deux panneaux en ancienne laque du Japon, décorés, en or, d'habitations dans un paysage.

Haut., 80 cent.; larg., 45 cent.

44 — Six grands panneaux ovales peints à fond de paysages et décorés de lithographies en couleurs à sujets champêtres, découpées et appliquées. Cadres moulurés en bois sculpté. XVIIIe siècle.

MEUBLES ET SIÈGES

45 — Écran en noyer, feuille en ancien brocart présentant un motif décoratif.

46 — Petite table ovale en marqueterie de bois à losanges et fleurs détachées, sur quatre pieds cambrés à tablette d'entrejambe ; galerie de cuivre. Style Louis XVI.

47 — Deux glaces longues biseautées dans des cadres Louis XVI à perlé.

48 — Glace en deux parties dans un cadre en bois sculpté doré à feuillages, fronton à corbeille de fruits. Époque Louis XVI.

49 — Meuble d'entre-deux à hauteur d'appui en bois de violette, ouvrant à un vantail ; dessus de marbre griotte. Époque Louis XV.

50 — Table de nuit Louis XVI en bois de rose sur quatre pieds cambrés ; dessus de marbre à galerie de cuivre.

51 — Bureau plat à quatre faces en bois de rose, sur quatre pieds gaines, ornements de bronze doré. Époque Louis XVI.

52 — Lit en bois peint gris Louis XVI.

53 — Petite commode en bois de rose et palissandre, ouvrant à trois tiroirs, ornements en bronze. Époque Louis XVI.

54 — Bureau formant secrétaire en acajou et ornements de bronze ciselé doré. Dessus de marbre gris. Époque Premier Empire.

55 — Grande boîte sèche-cigares, de forme contournée, en acajou et marqueterie de citronnier et bois de rose. Époque Louis XVI.

56 — Baromètre en bois sculpté doré, d'époque Louis XVI.

57 — Cartonnier de bureau en bois de rose. Époque Louis XV.

58 — Tabouret de pieds en bois sculpté doré, XVIIIe siècle, couvert en velours rouge.

59 — Fauteuil en bois sculpté peint blanc, de style Louis XVI.

60 — Fauteuil en noyer sculpté, d'époque Louis XVI, garni en ancienne tapisserie au point fond jaune.

61 — Fauteuil en bois naturel sculpté, d'époque Louis XVI, garni en tapisserie au point à dessin rouge sur fond gris.

62 — Deux chaises en noyer sculpté, d'époque Louis XV, garnies de canne.

63 — Grande chaise longue en noyer sculpté, d'époque Régence, garnie en ancien damas à grands dessins rouge sur fond jaune, avec son coussin.

ÉTOFFES

64 — Tapis de table en ancien brocart fond rouge.

65 — Morceau de soie blanche brodée de fleurs et de festons.

66 — Voile de calice en ancien damas vert.

67 — Petit tapis de table en peluche bleue et applications de broderie au point de chaînette.

68 — Tapis de table en soie brochée Louis XV, à bouquets de fleurs sur fond crème.

69 — Deux petits tapis en ancienne broderie de couleur sur fond de satin.

70 — Chasuble et étole en satin crème et applications. Broderie en chenillé.

71 — Ecran bannière en ancien brocart.

72 — Panneau en ancienne soie brochée fond lilas.

73 — Trois morceaux de soie Louis XV brochée à fleurs sur fond vert.

74 — Grand panneau en point de Hongrie.

Haut., 2 m. 90 cent.; larg., 2 m. 50 cent.

75 — Grand dessus de piano en satin de Chine brodé de fleurs et de festons sur fond rouge.

TAPISSERIES

76 — Bandeau en fine tapisserie au petit point, d'époque Louis XV.

Larg., 1 m. 80 cent.; haut., 30 cent.

77 — Deux dessus de sièges en tapisserie au point fond blanc.

78 — Garniture de fauteuil en ancienne tapisserie d'Aubusson, présentant dans des encadrements de fleurs une allégorie aux fables de Lafontaine et un pêcheur à la ligne. Contrefonds rouge.

79 — Dessus de fauteuil en ancienne tapisserie à vase de fleurs sur fond jaune.

80 — Deux médaillons en ancienne tapisserie d'Aubusson à figures dans des encadrements.

81 — Trois mètres de bordure à guirlandes de roses en ancienne tapisserie de Beauvais fond brun.

82 — Deux dessus de sièges en ancienne tapisserie au petit point.

83 — Garniture de fauteuil (siège et dossier) en tapisserie au petit point fond blanc.

84 — Bordure d'encadrement en ancienne tapisserie, présentant une colonnette à chapiteau corinthien.

85 — Médaillon en ancienne tapisserie de Beauvais à bouquet de fleurs et rinceaux dans un encadrement de fleurs sur fond vert d'eau.

86 — Deux morceaux en ancienne tapisserie au petit point à fleurs.

87 — Quatre morceaux de bordure en ancienne tapisserie à fleurs, fruits et oiseaux.

Long. totale, 13 m. 90 cent ; larg., 30 cent.

88 — Pente en ancienne tapisserie à vase de fleurs.

Haut., 2 m. 80 cent.; larg., 40 cent.

89 — Bandeau en ancienne tapisserie à figure d'amour tenant un arc et d'oiseaux au milieu de fleurs.

Haut., 38 cent.; larg., 1 m. 65 cent.

90 — Panneau en ancienne tapisserie de Beauvais, présentant dans un encadrement à franges des guirlandes de fleurs retenues par un nœud de rubans.

Haut., 50 cent.; larg., 1 m. 48 cent.

91 — Bandeau en soie et ancienne tapisserie au point.

Haut., 25 cent.; larg., 1 m. 25 cent.

92 — Dossier ou siège de canapé en ancienne tapisserie, dessin à encadrements, festons et guirlandes de fleurs sur fond jaune.

Haut., 60 cent.; larg., 1 m. 70 cent.

93 — Tapisserie du XVIIe siècle, présentant un bouquet de grands arbres. Bordure sur trois côtés à guirlandes de fruits, figures d'amours, vases de fleurs et écussons.

Haut., 3 m. 60 cent.; larg., 2 m. 60 cent.

94 — Quatre panneaux en ancienne tapisserie verdure à fond de paysage (en partie tissée en soie).

Haut., 2 mètres; larg., 3 m. 20 cent.
Haut., 1 m. 95 cent.; larg., 3 m. 45 cent.
Haut., 1 m. 95 cent.; larg., 1 m. 20 cent.
Haut., 2 m. 25 cent.; larg., 75 cent.

95 — Cantonnière en ancienne tapisserie; bandeau à écusson et figures d'anges; montants à figures d'enfants, rinceaux et feuillages dans un encadrement.

Haut., 3 m. 45 cent.; larg., 2 mètres.

96-97 — Deux cantonnières en ancienne tapisserie de Bruxelles de l'atelier de IAN RAES. Décor à guirlandes, ornements et figures d'enfants chargés de fruits dans des niches.

Haut., 3 m. 20 cent.; larg., 2 m. 35 cent.
Haut., 3 m. 35 cent.; larg., 2 m. 45 cent.

98 — Tapisserie représentant Narcisse se mirant dans l'onde. Large bordure à écussons et figures d'amours soutenant des vases de fleurs. XVIIe siècle.

Haut., 3 m. 15 cent.; larg., 3 m. 10 cent..

99 — Tapisserie de la Manufacture royale des Gobelins, de la Tenture des Indes. Elle représente, sur un tertre ombragé d'un palmier, deux Indiens, dont l'un présente un vase de fleurs et de fruits, et l'autre tirant de l'arc. Au premier plan, deux hommes, dans l'eau jusqu'à mi-corps, halent sur un cordage. Large bordure simulant un cadre à écoinçons de coquilles, offrant au fronton les armes de France et, dans le bas, le chiffre royal.

Haut., 3 m. 90 cent.; larg., 2 m. 55 cent.

www.ingramcontent.com/pod-product-compliance
Ingram Content Group UK Ltd.
Pitfield, Milton Keynes, MK11 3LW, UK
UKHW020232180726
13838UKWH00005B/2340

9 782329 388076